Siegfried Fietz / Cornelia Haverkamp (Hrsg.)

Manchmal brauchst du einen Engel

Erlebnisse mit himmlischen Boten

BRUNNEN
VERLAG GIESSEN · BASEL

7. Auflage 2010

www.brunnen-verlag.de
Lektorat: Eva-Maria Busch
Umschlagfoto: Micha Pawlitzki
Umschlaggestaltung: Ralf Simon
Satz: Die Feder GmbH, Wetzlar
Druck: CPI – Ebner & Spiegel, Ulm
ISBN 978-3-7655-3830-8

Inhalt

Hanna Ahrens
Das fängt ja gut an! 5

Eva Breunig
Begegnung im Treppenhaus 6

Hermann Schulze-Berndt / Siegfried Fietz
Manchmal brauchst du einen Engel 9

Mary Batchelor
Der Engel-Hund 10

Brigitte Troeger
Der Autobahnengel 14

Ursula Koch
Einen Engel wünsch ich dir 23

Anselm Grün
Der Engel der Wärme 24

Klaus Looft
Ich geb' dir heute 'nen Engel mit 26

Mary Batchelor
An der Straßenkreuzung 28

Johannes Hansen
Ich treffe öfter Engel 29

Silke Benner
Der Himmel über Sachsen-Anhalt 31

Mary Batchelor
„Geh an die Hauptstraße" 35

Mary Batchelor
Der Käfer 38

Gottfried Zurbrügg
„Ich heiße Gabriel" 40

Ursula Imhof
Katjas persönlicher Engel 41

Eckart zur Nieden
Schadrach 50

Else Diehl
Rote Engel 55

Gottfried Zurbrügg
„Es muss ein Irrtum sein!" 56

Heidi Heinemann
Manchmal schickt Gott einen Engel 59

Hanna Ahrens

Das fängt ja gut an!

Gleich in den ersten Tagen des neuen Jahres beginnt wieder das Reisen, ich bin zu einem Vortrag eingeladen. Ein Gemeindenachmittag im Lippischen Land. Man trifft sich im Dorfgasthaus „Unter den Linden“. Das Thema heißt:

„Glück! Ist Glück machbar?“

Die Fahrt mit dem Zug ist eher trübe und umständlich. Auf den Bahnsteigen zieht es, wie immer. Meine Tasche ist schwer – oder nur mein Herz? Schon wieder neue Menschen, neue Orte, neue Themen und Fragen. Woher soll ich die Kraft nehmen? Es war zu viel Arbeit im letzten Jahr. Ich kann nicht immer geben und ermutigen ... Die Erwartungen sind so groß. Wie soll ich sie erfüllen?

Als ich in dem großen Saal des Gasthofs bin – vier lange besetzte Tische, es ist warm, der Kaffee steht vor uns, der Kuchen auch, die Begrüßung beschämend freundlich – und als wir das erste Lied singen, ist mit einem Schlag alles anders.

Wir singen: „Dass du mich einstimmen lässt in deinen Jubel, o Herr, deiner Engel und himmlischen Heere, das erhebt meine Seele zu dir.“

Das heißt doch: Nicht ich muss geben, was ich gar nicht habe, sondern Gott lässt zu, dass ich ihn zusammen mit seinen Engeln – im Himmel und auf Erden – lobe! Nicht meine Anstrengung, meine Arbeit, stehen an erster Stelle, sondern vor aller Mühsal ist da ein Lied. Ich darf Gott ein Lied singen. So lässt er mich teilhaben am Kommen seines Reiches. Ich bin einbezogen!

Wie freundlich ist Gott, dass er mich in meinen trüben Gedanken unterbricht! Singen statt Seufzen! Das neue Jahr fängt gut an. Hoffentlich höre ich es auch an anderen Tagen, wenn Gott meiner Müdigkeit und Verzagtheit widerspricht und ein Lied an die erste Stelle setzt.

Eva Breunig

Begegnung im Treppenhaus

Meine Freundin Angelika und ihre Familie waren gerade umgezogen. Die neue Wohnung war ihnen von Freunden kostenlos zur Verfügung gestellt worden, und das war für die Familie eine große Hilfe. Denn Angelikas Mann war auf Arbeitssuche, die Kinder waren noch sehr klein, und das Geld reichte kaum für das Nötigste des täglichen Lebens. Aber sie waren fröhlich und zuversichtlich. Gott hatte zur rechten Zeit für eine Wohnung gesorgt, er würde sie auch in Zukunft nicht im Stich lassen!

Mit der kleinen Claudia an der Hand und dem Baby im Kinderwagen begann Angelika die Umgebung zu erkunden. Bäcker, Supermarkt, Spielplatz ...

Als sie an einem Sportgeschäft vorbeikamen, fragte Claudia: „Du, Mami, hab ich bald Geburtstag?"

„Ja, Schatz, in ein paar Wochen wirst du vier Jahre alt!"

„Krieg ich dann das Fahrrad vom Onkel Thomas?"

Angelika erschrak. Es stimmte, der Onkel hatte Claudia ein Fahrrad versprochen, doch das war fast ein Jahr her! Angelika konnte es nicht glauben, dass ein kleines Kind sich so etwas ein Jahr lang merken konnte! Vielleicht hatte der Anblick der schnittigen Mountainbikes im Schaufenster des Sportgeschäftes die Erinnerung zurückgebracht.

Wie auch immer, Tatsache war jedoch, dass der Kontakt zu Onkel Thomas leider abgebrochen war. Seit vielen Monaten hatten sie nichts mehr von ihm gehört. Außerdem war es äußerst unwahrscheinlich, dass er sich überhaupt noch an sein Versprechen von damals erinnerte – und es war völlig unmöglich, ihn um dieses Geschenk zu bitten!

Angelika schluckte. Was sollte sie ihrer Tochter sagen? Deren kindlicher Glaube war felsenfest. Es kam ihr gar nicht in den Sinn, dass ihr Onkel sein Versprechen nicht einhalten könnte. Wie sollte Angelika sie schützen? Wie konnte sie ihrer Tochter dieses unerschütterliche Vertrauen bewahren? Sie war doch noch so klein!

In den folgenden Wochen ging Angelika häufig an dem Sportgeschäft vorbei und warf sehnsüchtige Blicke hinein. Aber selbst das billigste Kinderfahrrad überstieg bei weitem ihre finanziellen Möglichkeiten. Es war ganz und gar unmöglich, eines zu kaufen. Da musste schon ein Wunder geschehen!

„Herr", betete Angelika, „erspar Claudia doch diese Enttäuschung. Bitte gib uns ein Fahrrad!" Doch sie wusste selbst nicht, wie Gott das anstellen sollte.

Die Zeit verflog, Claudias Geburtstag stand vor der Tür, und Gott hatte nicht eingegriffen. Angelika begann sich schweren Herzens zu fragen, wie sie der Enttäuschung und der Tränenflut ihrer Tochter begegnen sollte.

Am Abend stieg sie noch einmal in den Keller hinunter, um etwas Geschirr aus den noch nicht ganz ausgepackten Umzugskisten zu holen. Auf der Treppe begegnete ihr eine Frau, die sie nicht kannte. Angelika grüßte sie freundlich. Schließlich waren sie neu zugezogen, und sie wollte mit allen Nachbarn gute Beziehungen knüpfen. Die Frau grüßte zurück. Doch erst, als Angelika schon im Keller verschwunden war, rief sie ihr etwas nach.

„Entschuldigung, haben Sie nicht kleine Kinder?"

Angelika trat wieder ins Treppenhaus hinaus. „Ja", antwortete sie leicht verwundert.

„Ach, sagen Sie, haben Sie dann vielleicht Verwendung für ein kleines Fahrrad?" Angelika glaubte ihren Ohren nicht zu trauen.

„Ich glaube, ich habe sie einfach nur mit offenem Mund angestarrt", erzählte sie später. Schließlich fasste sie sich so weit, dass sie „ja" murmeln konnte. Die fremde Frau ging mit ihr in den Keller und zeigte ihr das Fahrrad.

„Natürlich ist es gebraucht", meinte sie entschuldigend. „Wir wollten es schon zum Flohmarkt geben. Aber wenn Sie es verwenden können, dann nehmen Sie es nur!"

Angelika glaubte zu träumen. Das Fahrrad war perfekt. Es hatte genau die richtige Größe. Dass es gebraucht war, machte nichts aus, denn Claudia war an gebrauchte Spielsachen gewöhnt. Wenn sie es ein bisschen putzte und ein paar Rostflecken abschmirgelte, war es so gut wie neu.

„D-d-danke!", stammelte Angelika überwältigt.

„Ach, ich bin froh, wenn es benutzt wird und nicht länger hier herumsteht!", meinte die Frau herzlich und drückte ihr das Fahrrad in die Hand. „Viel Freude für Ihre Kinder!"

Zwei Tage später fuhr die kleine Claudia jauchzend mit ihrem Fahrrad im Garten herum. Aber sie war nicht die Einzige, die zu diesem Geburtstag Geschenke bekam. Auch ihre Eltern fühlten sich reich beschenkt – von einem liebenden Gott, der sich selbst um solche „Kleinigkeiten" wie Kindergeburtstagsgeschenke kümmerte!

„Ich habe die Frau später nie mehr wieder gesehen, obwohl wir mehrere Jahre in diesem Haus wohnten", erzählte Angelika mir kürzlich. „Ist das nicht merkwürdig?" Und nachdenklich fügte sie hinzu: „Weißt du, ich glaube, sie ist einfach ein Engel gewesen."

Hermann Schulze-Berndt

Manchmal brauchst du einen Engel

Manchmal brauchst du einen Engel,
der dich schützt und dich führt.
Gott schickt manchmal einen Engel,
wenn er deine Sorgen spürt.

Hast du Kummer tief im Herzen,
tut dir wahrer Zuspruch gut.
Denn mit großen Seelenschmerzen
fehlt dir jeder Lebensmut.

Wähnst du dich total am Ende
und denkst, du hätt'st dich verirrt,
bringt ein stiller Schub die Wende,
dass dein Herz nicht mehr erfriert.

Hab Vertrauen in die Kräfte,
die Gott selbst als Lotsen schickt.
Ihre heilsamen Geschäfte
haben dich sehr schnell erquickt.

Gott ist stets an deiner Seite,
auch wenn du ihn gar nicht siehst,
mit behutsamem Geleite
damit neue Hoffnung sprießt.

Manchmal brauchst du einen Engel,
der dich schützt und dich führt.
Gott schickt manchmal einen Engel,
wenn er deine Sorgen spürt.

Mary Batchelor

Der Engel-Hund

Anne ist eine meiner Freundinnen. Zusammen mit ihrem Mann leitet sie eine Organisation, die Wochenendseminare für Ehepaare anbietet. Annes Eltern waren keine Kirchgänger und hielten auch nichts von religiöser Erziehung, aber trotzdem schickten sie ihre Tochter in die Sonntagsschule. Als Kind war Anne eine Leseratte. Viele Stunden verbrachte sie in ihrem Zimmer und las, was ihr gerade in die Hände fiel – darunter auch die Bibel und ein abgegriffenes mehrbändiges Kinderlexikon. Beides packte und begeisterte sie. Wir saßen einmal gemütlich bei mir im Wohnzimmer, als sie mir von den Engeln in ihrem Leben erzählte.

Anne war erst siebzehn, als die Ärzte bei ihr einen Hirntumor feststellten. Sie hatte von Zeit zu Zeit Blackouts gehabt, und zusammen mit einigen anderen Symptomen schien das die wahrscheinlichste Diagnose.

„Eines Tages", erzählte sie mir, „fiel ich genau im Sprechzimmer eines Arztes in Ohnmacht. Als ich wieder aufwachte, lag ich in einem winzigen Zimmer im Krankenhaus. Ich fühlte mich so krank und elend, dass ich nicht einmal wusste, ob ich noch weiter kämpfen sollte. Ich kann auch heute nicht sagen, ob ich danach eingeschlafen bin oder ob ich wieder einen Ohnmachtsanfall hatte. Auf jeden Fall erinnere ich mich lebhaft an den Traum – wenn es denn ein Traum war –, den ich damals hatte: Jemand trug mich auf den Armen. Und ich wusste ganz genau, dass dieser Jemand ein Engel war."

„Wie konntest du das *wissen?*", fragte ich nach.

„Ich wusste es einfach, ohne dass es mir jemand gesagt hätte", erwiderte sie. „Der Engel hatte zwar keine Flügel, aber wir flogen aus dem heißen, stickigen Krankenzimmer in die klare, frische Luft; und wir flogen auf ein Licht zu. Normalerweise ist Licht etwas, was du nur mit deinem Sehvermögen aufnimmst. Dieses Licht war außergewöhnlich hell glänzend, und ich habe es mit all meinen Sinnen wahrgenommen. Ich habe es nicht nur *gesehen* – ich konnte es riechen, hören ... Es war wunderschön, und ich war versucht, mich einfach zu dem Licht hintragen zu lassen. Doch da war ein Teil von mir, der sich dagegen wehrte. Ich war doch noch so jung! Ich war verlobt und wollte noch nicht sterben.

„Ich bin noch zu jung", sagte ich dem Engel. „Ich möchte noch nicht sterben – lass mich erst heiraten und ein paar glückliche Jahre erleben. Ich verspreche, dass ich mein Leben Gott weihen werde." Dann wachte ich auf oder kam zu mir.

Von dem Zeitpunkt an ging es mir besser. Nicht von einem Tag auf den anderen, aber die Blackouts und das Unwohlsein traten immer seltener auf, bis es mir richtig gut ging. Leider habe ich mein Versprechen nicht gehalten, mein Leben Gott zu weihen – jedenfalls nicht sofort. Und doch hat diese Erfahrung mein Leben für immer verändert, glaube ich. Alles kam mir nun wertvoll und wichtig vor, denn ich hatte begriffen, dass das Leben kurz sein kann und dass nichts selbstverständlich ist."

Nach einer kurzen Pause fuhr Anne fort: „Es gab übrigens noch einen Engel in meinem Leben ... Was meinst du, kann ein Engel wohl auch in Gestalt eines Hundes auftreten?" Dann erzählte Anne mir die ungewöhnliche Geschichte von Kim, dem Engel-Hund.

„Es war eine ausgesprochen schwierige Phase meines Lebens. Meine Ehe war gescheitert, und ich musste meine beiden Kinder – sechs und siebeneinhalb Jahre alt – allein erziehen. Um auf Dauer unseren Lebensunterhalt zu sichern, beschloss ich, wieder ans College zu gehen und das Lehrerinnenexamen zu machen. Das war nicht leicht, denn ich hatte keine Verwandten in der Nähe und konnte daher niemanden um Hilfe bitten. Doch in der Straße gab es noch eine junge Mutter, mit der ich mich anfreundete. Wir haben gegenseitig auf unsere Kinder aufgepasst.

Eines Abends, es war schon dunkel, bin ich zu dieser Freundin gegangen, um meine Kinder abzuholen. Plötzlich tauchte ein Mann aus dem Dunkeln auf und stellte sich mir in den Weg.

„Sie haben nie auf mich geachtet, aber ich beobachte Sie immer." Dann zählte er zu meinem Entsetzen alle Orte auf, an denen ich die letzten Tage gewesen war. Es war erschreckend: Er wusste so viel über mich und jeden meiner Schritte – und ich hatte ihn nicht einmal bemerkt!

Ich war ganz durcheinander, als ich bei meiner Freundin ankam, und erzählte ihr davon. Ich hatte noch immer Angst, als ich mit den Kindern nach Hause ging; also betete ich, brachte sie zu Bett und versuchte weiter zu lernen. Aber ich konnte mich einfach nicht konzentrieren. Ich fühlte mich schrecklich einsam und verwundbar.

Ein paar Nächte später hörte ich um Mitternacht einen Betrunkenen im Vorgarten singen. Ich schaute aus dem Fenster und sah eben jenen Mann vor unserem Haus stehen. Was mich besonders irritierte, war das Lied, das er sang: ‚Here's to you, Mrs. Robinson' – damals hieß ich nämlich noch Robinson. Ich habe dann einfach einen Eimer Wasser aus dem Fenster gekippt, und er ist abgezogen.

Ein paar Tage später hatte ich die Kinder für kurze Zeit allein in der Wohnung gelassen. Als ich zurückkam, waren sie furchtbar erschrocken. Sie erzählten mir, ein Mann hätte ganz laut an die Haustür geklopft, dann die Briefkastenklappe aufgestoßen und ihnen etwas zugerufen. Er hatte gesagt, sie müssten ihn hereinlassen, die Mutter hätte das erlaubt. Natürlich habe ich den Kindern immer eingetrichtert, nie jemandem die Tür zu öffnen; zum Glück haben sie sich auch daran gehalten. Aber es war ein Horror für sie.

Ich wusste genau: Das war wieder der Mann, der sich angeschlichen hatte.

Noch am selben Abend kam eine Bekannte vorbei, die in unserer Straße wohnte. Sie hatte einen Hund dabei, den sie an einem Stück Kordel festhielt. Der Hund war ihr zugelaufen, und sie hatte schon überall herumgefragt, wem er wohl gehörte. Aber niemand wusste etwas über ihn. Wenn sie den Hund ins Tierheim brachte, befürchtete sie, er würde eingeschläfert. Selbst behalten konnte sie ihn aber auch nicht. Also fragte sie mich, ob wir das Tier nicht bei uns aufnehmen könnten.

Die Kinder waren begeistert, als ich zusagte. Wir probierten dann alle möglichen Namen aus, bis wir uns für Kim entschieden. Der Hund schien darauf zu hören.

Nicht lange danach kam der seltsame Mann wieder an die Tür. Diesmal war ich zu Hause. Er trommelte gegen die Tür und öffnete die Briefkastenklappe, um etwas hereinzubrüllen. Doch Kim war augenblicklich zur Stelle, knurrte und bellte und sprang zu der Klappe hoch. Der Mann machte sich bald aus dem Staube.

Von nun an fühlte ich mich sicher auf der Straße. Jedes Mal, wenn uns der Mann begegnete, sträubte sich Kims Fell, und er knurrte und verteidigte mich energisch. Abends lag Kim auf meinen Füßen, während ich lernend am Tisch saß. Es war so warm und tröstlich.

So ging das ungefähr ein Jahr lang. Dann kam der Mann auf einmal nicht mehr. Meine Freundin fand heraus, dass er wohl ins Gefängnis gekommen war, weil er seine Frau misshandelt und einen anderen Menschen mit einem Pflasterstein beworfen hatte.

Kurz darauf wollte Kim abends noch einmal zur Tür hinaus. Das Merkwürdige war: Er kam nicht zurück. Wir forschten überall nach, aber es war, als hätte er sich in Luft aufgelöst. Er verschwand so plötzlich und geheimnisvoll, wie er damals gekommen war. Die Kinder waren natürlich furchtbar traurig.

Wir haben den Hund nie wieder gesehen ... Aber auch der Mann hat uns nie wieder belästigt."

Brigitte Troeger

Der Autobahnengel

Dürfen Engel schmatzen und schlürfen? Früher hätte ich behauptet: „Nein, so etwas tun Engel nicht!" Dann aber kam jener unvergessliche Urlaub in Alexandrien, und seitdem weiß ich mehr über die himmlischen Heerscharen und deren Einsatzzentrale.

Wir hatten Assuan im Hochsommer gerne den Rücken gekehrt. „Die Perle des Nils", das Städtchen am ersten Katarakt, zieht zwar Romantiker aus aller Welt an, aber im Sommer versinkt es in einen bleiernen Dauerschlaf – dann wird es unerträglich heiß in Assuan. Nicht nur die Menschen und die Tiere leiden, nein, auch die Dinge, das, was uns den Alltag erleichtern sollte, werden lustlos: Die Waschmaschine streikt, der Aufzug bleibt stehen, das Hoftor verzieht sich. Wer einen fahrbaren Untersatz hat, macht sich auf ans Mittelmeer.

Über tausend Kilometer den Nil entlang zu reisen, auf schlechten und übervölkerten Straßen, ist sehr beschwerlich – wohl dem, der Freunde am Weg hat! In Alexandrien angekommen, fühlt man sich jedoch tausendfach belohnt für die Strapazen der Reise. Eine frische Brise vom Meer weckt die Lebensgeister des matten Oberägypters. Der Tag bringt ein erquickendes Bad in den Wellen, die Nacht schenkt einen gesunden und tiefen Schlaf.

Gerade hatten wir unseren Sommerurlaub am Meer beendet und mussten Abschied nehmen. Dieser Julitag aber war so ungewöhnlich schwül, wie wir das in Alexandrien nie erlebt hatten. Kein Lüftchen rührte sich. Schon nach dem Frühstück hätten wir ein zweites Mal duschen können, und – nicht auszudenken: Wir reisten in den noch heißeren Süden!

Draußen lief der Countdown vor der Abfahrt. Eberhard hatte das Gepäck bereits auf den Dachträger geladen und gründlich befestigt. Er prüfte noch einmal den Ölstand und den Reifendruck. Unsere kleinen Töchter Annette, Dorothee und Christina tanzten aufgeregt um den Käfer herum. Sie fanden es toll, dass auch Margrit mitkommen würde. Ihretwegen wollten sie auf der Rückbank gerne enger zusammenrücken.

Margrit war eine lustige, zierliche Schweizerin mit leuchtend blauen Augen und einem blonden Wuschelkopf voller Unternehmerlust. Sie arbeitete als Hebamme in Assuan und hatte sich im Urlaub zu uns gesellt. Eigentlich hätte sie noch ein paar Tage am Meer bleiben können. Aber ein paar heiratsfreudige Araber hatten sie Tag und Nacht umschwirrt wie die Bienen ein Honigtöpfchen, und ohne uns wusste sie den lästigen Schwarm nicht mehr loszuwerden. Margrit quetschte sich zwischen die Kinder auf den Rücksitz.

Eberhard schaute noch einmal besorgt nach dem Gepäck. Sein T-Shirt war mittlerweile nass geschwitzt.

„Heute brauchen wir einen besonders aufmerksamen Schutzengel", sagte er, während er sich ans Steuer setzte.

„Bei dieser Affenhitze können wir uns keine Reifenpanne leisten.“ Nun sprach er das Reisegebet und sagte: „Lieber Vater, du siehst uns und kennst auch die ägyptischen Straßen. Bitte bewahre uns vor einer Panne.“

Ich dachte: Das ist wirklich ein kühnes Gebet. Noch nie sind wir bisher ohne Reifenpanne gereist. – Langsam rollte das überladene Auto an.

„Die Schutzengel, die schickt der Gott, wenn die Menschen einen nötig brauchen“, meinte Annette, und Dorothee ergänzte wissend: „Aber nur, wenn die auch lieb sind!“ Unser zweijähriges Tinchen hatte es sich – Engel hin, Engel her – auf Margrits Schoß bequem gemacht. Ihr war nicht nach Philosophieren zumute, sie untersuchte fasziniert einen Waschhandschuh, der mit Eiswürfeln gefüllt war.

Der schwer beladene Käfer arbeitete sich geduldig durch den lebhaften Morgenverkehr Alexandriens. Es hupte, bimmelte, klingelte und schepperte um uns herum. Fahrradfahrer und Eselskarren forderten ihr Recht ebenso wie hochglanzpolierte Karossen und zerbeulte, schrottreife Oldtimer. Zwischendrin tummelten sich die Zeitungsverkäufer, Schuhputzer, Blumenhändler, Gemüseverkäufer, Bettler und Zuckerbäcker. Geschickt nutzten sie den trägen Verkehrsfluss, wickelten ihre Geschäfte durch die offenen Autofenster ab. „Die Eile ist vom Teufel“, sagt man in Ägypten.

Endlich hatten wir die Stadt im Rücken und genossen den lauen Fahrtwind. Der Asphalt auf der Deltaautobahn war bereits weich, die Luft flimmerte. In der Hitze sah es so aus, als spiegelten sich kleine Wasserpfützen auf der Fahrbahn. Wir wurden eins mit der Blechlawine, die sich hupend und stinkend gen Süden wälzte. Wenn alles gut ging, würden wir in vier Stunden bei unseren holländischen Freunden Maja, Piet und ihren Kindern in Kairo am Mittagstisch sitzen. Wenn ...!

Was die Ägypter damals eine Autobahn nannten, war in

unseren Augen eine breite, schlecht befestigte Rennbahn, auf der jeder fuhr, wie er wollte. Je dicker das Automobil, desto mutiger sein Besitzer. Die wichtigste Regel war, niemanden zu Schaden zu bringen. Passierte es jedoch, konnte nur Fahrerflucht das Leben des Fahrers retten, vorausgesetzt, sein Auto fuhr noch. Es gab keinen Straßenservice, keine Unfallhilfen, kein Nottelefon, kaum Gaststätten – aber der Reiz der Deltaregion ersetzte dem fremden Reisenden alles, was er an Annehmlichkeiten entbehrte.

Das frische Grün der erntereifen Felder im Nildelta tat unseren Augen gut. Bunt gekleidete Fellachenfamilien gingen ihrer Feldarbeit nach. Hier wurden Rüben gehackt, dort ein Esel mit Grünfutter beladen. Eine Büffelkuh mit verbundenen Augen betrieb wie zu Josefs Zeiten eine uralte Drehvorrichtung, genannt Göpelwerk, und bewässerte so die Felder. Im reifen Baumwollfeld ließen sich die Ibisse in Scharen nieder. Die eleganten weißen Vögel fanden hier in der aufgehackten Erde einen reich gedeckten Tisch. Ein kleiner Fellachenjunge lenkte seinen Eselskarren vom Feld auf die Straße und fädelte sich geschickt in den regen Verkehr ein. Seine Tomatenernte konnte sich sehen lassen.

Plötzlich stand groß und selbstbewusst ein Kamel am Wegrand. Sein Rumpf war unsichtbar unter der Last der Zuckerrohrladung. Es ertrotzte sich die Vorfahrt und überquerte majestätisch die gefährliche Bahn. Notgedrungen gehorchte ihm die Blechlawine.

Mit Augen, Ohren und Nasen nahmen wir auf, was uns das Delta-Leben vorführte. Wir hätten uns in einem spannenden Film fühlen können, wäre es nicht so unerträglich heiß gewesen, und hätte sich Eberhard nicht hochkonzentriert am Steuer betätigt. Nun lenkte er den Käfer behutsam an den Straßenrand.

„Das Auto hat einen verdächtigen Rechtsdrall“, murmelte er, „ich muss nachschauen.“

„Eine Reifenpanne?“ Annette sah mich entsetzt an. Hatte uns etwa unser Schutzengel im Stich gelassen? – Tatsächlich, ja, es war nicht zu fassen!

Eberhard und Margrit arbeiteten routiniert Hand in Hand, als hätten sie schon ewig Reifen gewechselt. Während sie das überladene Auto flickten, stand ich mit den Kindern wie angewachsen am Straßenrand. Unser quirliges Völkchen hatte keine Chance, sich auch nur einen Meter von der Stelle zu bewegen. Tosend rauschte die Blechlawine vorbei, zum Anfassen nah. Hinter uns tat sich ein Abgrund auf, an dessen unterem Ende ein Jauchetümpel vor sich hin moderte. Über uns stand gnadenlos die sengende Julisonne. Ein paar Schmeißfliegen gesellten sich zu uns und ließen nicht mehr von uns ab. Der Staub der Straße vermischte sich mit dem Schweiß auf unseren Gesichtern, und der heiße Wind brannte in den Augen.

„Es ist gemein, dass unser Schutzengel nicht auf uns aufgepasst hat!“ Annette war sauer, sie wünschte sich nichts sehnlicher, als bald in Kairo zu sein, wo ihre Freundin Anne auf sie wartete.

Unsere Stimmung war auf dem Nullpunkt angekommen, als der Käfer endlich wieder fuhr. Die Kinder trösteten sich mit dem restlichen lauwarmen Wasser aus ihren Plastikflaschen und suchten an Margrits Schulter ein Plätzchen für ihre erhitzten Köpfe.

Wir stellten uns vor, wie unsere Freundin Maja und Mohammed, der nubische Koch, jetzt die Kochlöffel schwangen und wie es in ihren Töpfen brodelte und schmorte. Unsere Mägen knurrten, und wir sehnten uns nach der Kühle eines Hauses mit einem schattigen Garten – aber unser Ziel war noch sehr weit.

Da, plötzlich erschreckte uns ein langgezogenes Hupsignal. Ein kleines, rotes Auto überholte uns blitzschnell und war unseren Blicken sofort wieder entschwunden.

„So rast man, wenn man lebensmüde ist“, sagte Eberhard und schüttelte verärgert den Kopf.

Schon nach zehn Minuten sollten wir das kleine Rote wieder sehen. Sein Fahrer stand wild gestikulierend am Wegrand. Während Eberhard vorsichtig in eine Haltebucht zurücksetzte, sträubte sich in mir alles gegen eine zweite Verzögerung. Wozu ausgerechnet wir?

Der Mann lief uns entgegen. Er zitterte am ganzen Körper. „Madame! Kommen Sie mit mir!“

„Ich?“

„Kommen Sie schnell – eine Geburt! Helfen Sie, schnell!“

Ich spürte, wie der Schock mich lähmte, aber ein energischer Tritt von hinten in meine Rückenlehne ließ mich sofort wieder lebendig werden.

„Los, Brigitte, lass mich raus!“ Blitzschnell war Margrit in Aktion: „Eberhard, ich brauche eine Schere, einen Faden, ein Desinfektionsmittel und ein Kreislaufmittel – und Wasser!“ Und schon war sie in dem kleinen, roten „mobilen Kreißsaal“ verschwunden.

Eberhard riss das Gepäck vom Dachträger. Während er das Nötige zusammensuchte, beschwor ich meine Küken: „Hört zu, bleibt einen Moment allein, ich bin bald wieder hier, vielleicht werde ich nötig gebraucht!“

Ich beruhigte den Mann und seine weinenden Töchter, während Margrit dem soeben geborenen, blau angelaufenen Baby mit einem Klaps auf den Po den ersten Schrei entlockte.

Ich hatte nicht bemerkt, wie meine Kinder mir gefolgt waren, um sich auf dem Fahrersitz des fremden Wagens zu einem anschaulichen Aufklärungsstündchen zu versammeln. Mit großen Augen verfolgten sie das Geschehen auf dem Rücksitz – ein neuer Erdenbürger, noch durch seine Nabelschnur mit der Mutter verbunden.

Margrit hielt das nackte, verschmierte Baby in der Hand.

Es schrie entrüstet und ruderte hilflos mit den Armen. Seine Mutter nahm mit einem entspannten Lächeln wahr, dass jemand da war, der sich um das Kind kümmerte. Schere und Zwirn für die Nabelschnur waren zur Stelle. Ein Fläschchen Kölnisch Wasser ersetzte das fehlende Desinfektionsmittel. Fachgerecht nabelte die Hebamme das Kind ab.

Mit Frotteetüchern und Wasser aus der Plastikflasche ging es nun in eine kosmetische Runde, und bald hatte die hübsche Ägypterin ein bildschönes, schwarzgelocktes, rosiges Mädchen im Arm – eingehüllt in ein buntes Frotteetuch ballte es die winzigen Hände zu Fäusten und blinzelte seine Mama aus dunklen Augen neugierig an. Wir verwöhnten die junge Frau mit einem Rest Kaffee aus unserer Thermoskanne, während der frisch gebackene Vater bei einer Zigarette langsam zu sich kam.

Unaufhaltsam donnerte der Verkehr an uns vorbei, aber wir nahmen ihn nicht wahr. Wir spürten auch die Hitze nicht mehr. Wir feierten die Ankunft eines Kindes, deren Eltern wir nicht kannten, an einem Platz ohne Namen und ohne Komfort – wir hatten unser Zeitgefühl verloren und alle widrigen Umstände des Tages vergessen. Als wir uns zur Weiterfahrt aufmachten, blieb unser Pannenfrust wie ein Häufchen Müll in der unbekannten Haltebucht zurück.

Nun aber wurde es erst richtig spannend, denn die Kinder löcherten uns mit tausend Fragen. Jetzt wollten sie alles über ihre eigene Geburt wissen – und als sie wirklich alles erfragt hatten, wusste Dorothee doch immer noch nicht, in welchem Auto sie zur Welt gekommen war ...

Annette war nachdenklich geworden. „Margrit, was ist das, ein Mäläk?“

„Das ist ein Engel!“

„Sie hat zu dir gesagt: ‚Inti Mäläka.‘ Bist du ein richtiger Engel?“

„Das hat sie gesagt, weil ich ihr geholfen habe – aber ich

bin ein ganz normaler Mensch, und im Moment sehe ich eher aus wie ein Unmensch. Manchmal müssen wir Menschen spontan Engelsdienste übernehmen."

Die Kinder musterten Margrits ölverschmierte Jeans und ihr blutbespritztes T-Shirt. Dorothee war nicht einverstanden.

„Aber ein richtiger Engel sieht anders aus. Der hat ein langes, weißes Kleid und ist ganz schön, und hat zwei Flügel, mit denen kann er fliegen – ganz weit!", sagte sie.

„Dieser Autobahn-Engel hatte schwere und schmutzige Arbeit zu tun. Gut, dass er zufällig Arbeitskleidung trug, und Flügel hätten ihn in seinem Job nur behindert", mischte sich Eberhard ein.

Margrit schmunzelte: „Gut, dass der Autobahn-Engel so tüchtige Assistenten hatte. Sie haben geholfen, wo sie konnten, bis alle Arbeit getan war. Und die drei kleinen Engel waren so geduldig und haben nicht gemeckert."

Eine lange, nachdenkliche Pause entstand. Dann brach unsere Älteste das Schweigen: „Warum hat denn die Frau gesagt: „Es ist nur ein Mädchen?"

„Hat sie das gesagt?"

„Ja, ich hab es deutlich gehört!"

„Vielleicht hatte sie sich einen Jungen gewünscht, weil sie schon zwei Mädchen hat."

Wie um alles in der Welt sollte ich meinen kleinen, lebenslustigen Mädchen klar machen, warum in Ägypten fast jede Frau sich irgendwann in ihrem Leben wünscht, als Junge geboren zu sein?

In Annettes Kopf mahlten unterdessen die Mühlräder weiter. „Es ist gut, dass unser Schutzengel nicht ... Es ist gut, dass wir die Panne hatten! Hätten wir sie nicht gehabt ..."

„Was dann?"

„Dann hätte das Baby vielleicht keinen Schutzengel gekriegt!"

Die Sonne stand bereits tief, als wir unser Tagesziel erreichten. Da lag sie vor uns, die graue Millionenstadt Kairo mit ihren unzähligen Türmen unter einem dichten Dunstschleier. Die blutrote Sonnenscheibe versuchte vergeblich, ihn zu durchdringen, und die Gebetsrufer riefen aus allen Himmelsrichtungen zum Abendgebet. Der treue Käfer fand ein schattiges Plätzchen unter einer uralten, weit ausladenden Sykomore.

Mohammed, der schwarze Nubier, hatte mit seinem üppigen Begrüßungsmahl geduldig auf uns gewartet. Nun stand er beobachtend im Hintergrund, während das bärenhungrige Engelsvolk sich über die duftenden Schüsseln und Platten hermachte.

Maja sagte: „Wenn es euch gut schmeckt, dann gebt es Mohammed zu verstehen und vergesst einfach eure deutschen Tischsitten!“

Margrit, unser Leitengel, verstand zuerst, was sie meinte, und fing an, genüsslich zu schmatzen. Eberhard schlürfte sein Stella-Bier genießerisch in sich hinein. Dann fiel auch das engelische Fußvolk begeistert in das ungewöhnliche Tischkonzert ein – es war eine himmlische Tafelmusik.

Ursula Koch

Einen Engel wünsch ich dir

Einen Engel wünsch ich dir,
der dir unterwegs begegnet.
Einer komm und bleib bei dir,
der dir hilft und der dich segnet.

Einen Engel wünsch ich denen,
die in Traurigkeit und Sorgen
sich nach Licht und Liebe sehnen,
einen Engel heut und morgen.

Einen Engel wünsch ich uns,
dass wir von ihm sehen lernen
und die hohe schwere Kunst:
Leises hören in dem Lärmen.

Einen Engel sende Gott
zu uns her in diesen Tagen,
dass wir seine Botschaft hören
und danach zu leben wagen.

Anselm Grün

Der Engel der Wärme

Von manchen Menschen sagt man, dass von ihnen Wärme ausgeht. In ihrer Nähe fühlt man sich wohl. Da wird es einem warm ums Herz. Von andern dagegen strahlt einem Kälte entgegen. Da friert einem selbst im Sommer in ihrer Nähe.

Der Engel der Wärme möge dich dazu befähigen, dass von dir Wärme ausgeht, dass sich Menschen in deiner Nähe geborgen und geliebt fühlen. Und er möge dich immer wieder Menschen finden lassen, die für dich zum Engel der Wärme werden, in deren Nähe du deine eingefrorenen Gefühle auftauen kannst, in deren Nähe du dich wärmen kannst, wenn es dich in dieser kalten Welt friert.

Viele erleben unsere Welt heute kalt. Da ist es selten, dass man vor dem andern seinen schützenden Mantel ausziehen kann. Man hat Angst, dem kalten Blick des andern ausgesetzt zu sein. Jeder verschanzt sich hinter seiner Mauer von Kälte. Da täten uns Engel der Wärme gut. Sie ermöglichen Nähe und Begegnung. Sie erzeugen eine Atmosphäre, in der wir uns wohl fühlen, in der wir daheim sein können.

Die Frage ist, was du dazu tun kannst, dass der Engel der Wärme dich dazu befähigt, für deine Umgebung Wärme auszustrahlen. Für mich ist es wichtig, dass ich mich an der Wärme der göttlichen Liebe immer wieder selbst aufwärme, um ein warmes Herz auch für andere zu bekommen. Henri Nouwen versteht geistliches Leben als Hüten des inneren Feuers, das in jedem brennt. Nouwen meint, viele Menschen seien heute ausgebrannt, weil sie die Türen ihres Ofens zu sehr nach außen geöffnet haben. Dann kann die Glut nicht in ihnen bleiben. Dann werden sie schnell zur ausgebrannten Asche.

Geistliches Leben bedeutet für mich, das innere Feuer hüten. Mir hilft es, wenn ich beim Meditieren die Arme über der Brust kreuze und mir vorstelle, dass ich jetzt die Türen meines Ofens zumache, dass da jetzt das Feuer der göttlichen Liebe alles in mir durchglühen und verwandeln kann. Dann spüre ich eine wohlige Wärme in mir. Und ich weiß, dass das Feuer der göttlichen Liebe für alle reicht. Ich brauche mir nicht vorzunehmen, allen gegenüber Wärme zu zeigen. Wenn ich im Gebet das innere Feuer hüte, dann wird es in mir warm werden, und diese Wärme wird für alle genügen, denen ich heute begegnen werde.

Eine warme Ausstrahlung kann man nicht machen. Die kann man sich nicht vornehmen. Wenn ich die Engeldarstellungen der Gotik anschaue, etwa die Engel bei Fra Angelico, da wird es mir warm ums Herz. Es sind Engel, die eine warme Liebe ausstrahlen. In ihnen ist nichts Trübes, nichts Kaltes, nichts Feindliches. Von ihnen gilt, was Paracelsus einmal von den Engeln sagte: „Ihr sollt wissen: Der Engel ist der Mensch ohne das Tödliche." Weil das Tödliche, das Destruktive, das Krankmachende, an den Engeln fehlt, deshalb kann von ihnen eine Wärme ausgehen, an der wir uns wärmen können, ohne zu verbrennen.

Wenn ich diese Engel anschaue, dann spüre ich, wie mir diese Wärme guttut. Und ich werde erfahren, dass dann auch von mir Wärme ausgeht. Dafür darf ich dann dankbar sein. Die Wärme, die von mir ausgeht, an der sich andere wärmen möchten, raubt mir die eigene Wärme nicht. Sie reicht vielmehr für alle, weil sie von der Quelle der göttlichen Wärme gespeist wird, weil sie vom Feuer der göttlichen Liebe immer wieder neu entbrannt wird.

Der Engel der Wärme wird dich dazu befähigen, dass du schnell mit andern warm wirst und dass andere schnell mit dir warm werden. Da wird Wärme hin- und herströmen. Du wirst davon nicht kalt werden. Im Gegenteil, die Wärme, die hin- und herströmt, wird sich verstärken. Sie erzeugt eine Atmosphäre, die auch für andere erfahrbar wird. Wenn ich in einer Gruppe bin, spüre ich sofort, ob da eine kalte Atmosphäre herrscht, ob man sich da vor jedem Wort in Acht nehmen muss. Oder aber ob da eine warme Atmosphäre herrscht, eine Atmosphäre des Wohlwollens, der Freundlichkeit. Da wird nicht jedes Wort auf die Goldwaage gelegt. Da darf ich sein, wie ich bin. Da werde ich ganz und gar akzeptiert.

Ich wünsche dir, dass du immer den Engel der Wärme um dich spürst und dass du selbst für andere zu einem Engel werden darfst, der Wärme ausstrahlt und andern das Herz warm werden lässt.

Klaus Looft

Ich geb' dir heute 'nen Engel mit

Montags waren die Schulbrote immer besonders lecker. Warum? Weil da immer noch „was vom Sonntag" drauf war. Sie schmeckten meistens noch nach Sonntagsbraten. Und so kam der Sonntag in den Montag mit. Ich möchte Ihnen heute auch etwas Gutes mitgeben ...

Der alte Pfarrer Blumhardt aus Württemberg sagte, wenn er jemanden an der Haustür verabschiedete: „Du, ich geb' dir heute 'nen Engel mit!" Und es wird berichtet, dass das überraschte, fröhlich machte, dass es zuversichtlich stimmte, Mut machte, nun doch wieder loszuziehen.

Blumhardt hatte erkannt, dass die Verabschiedung ganz wichtig ist. Verabschiedung ist so etwas wie die letzte Mitgift. Wie wird der Tag bloß, wenn es – fast wie nachgeworfen – heißt: „Zieh ab!“ – „Trödle nicht so!“ Manche Tür wird auch wortlos zugemacht, und der Weggehende weiß, dass es hinter der Tür seufzend heißt: „Endlich!“

Ein Kind erzählte, das sei immer besonders schlimm, wenn Mutter nur einen Zettel auf den Küchentisch lege: „Milch ist im Topf, Brot mach dir selbst, ich bin so müde, mach die Tür leise zu!“

Wenn so der Start in den Tag ist, dann sind schon viele Weichen gestellt. Wie viel schöner ist es, wenn hinter der Gardine noch eine Hand winkt. Solche Zeichen von Liebe und Herzlichkeit, von „Kopf hoch, wir schaffen es schon“ können dem Tag Flügel geben.

Sie müssen jetzt auch los? Ich hatte versprochen, Ihnen etwas mitzugeben? Ja, das will ich: Ich geb’ Ihnen heute einen Engel mit. Und dir auch. Und zwar einen ganz lieben, einen ganz treuen, einen ganz wachen und gerechten. So sind Sie in guter Gesellschaft. Und du bist es auch.

Mary Batchelor

An der Straßenkreuzung

John Jeffery arbeitet für die Britische Bibelgesellschaft. Vor wenigen Jahren reiste er in ihrem Auftrag nach Kenia und nahm seine Familie mit.

Eines Tages wollte er zusammen mit seinem Sohn und dessen Freund ein Kulturzentrum besichtigen. Schlechte Straßen und der heruntergekommene Zustand vieler Autos machen das Autofahren in diesem Land schwierig und gefährlich.

Auf dem Rückweg von ihrer Besichtigungstour kamen sie an eine Straßenkreuzung, wo sie in die Hauptverkehrsstraße einbiegen mussten. Doch es herrschte so dichter Verkehr, dass sie lange an der Einmündung warten mussten. Endlich sah Jeffery eine Lücke und wollte losfahren.

Genau in diesem Moment trat ein großer schwarzer Mann in einem Swahili-Gewand auf die Straße. Er stellte sich genau vor Johns Fahrzeug und hob die Hand, um ihn am Weiterfahren zu hindern. Er lächelte freundlich, doch John, der sich natürlich über die verpasste Chance ärgerte, beschimpfte ihn laut. Der Mann lächelte immer noch. Als er schließlich zur Seite trat, hatte sich die Verkehrslücke natürlich längst wieder geschlossen, und Jeffery musste erneut warten.

Irgendwann ergab sich wieder eine Lücke, und John reihte sich in den Verkehr Richtung Innenstadt ein. Sie waren noch nicht weit gefahren, da sahen sie einen schweren Verkehrsunfall. In dem verbeulten Autowrack erkannte John das Fahrzeug, das kurz zuvor an seiner Stelle in die Verkehrslücke hineingefahren war. Schlagartig wurde ihm bewusst, dass sie wahrscheinlich in einen tragischen Auffahrunfall verwickelt worden wären – wenn jener Mann ihn nicht aufgehalten hätte!

John Jeffery ist heute fest davon überzeugt, dass dieser Mann, den er in seiner Unkenntnis so beschimpft hat, ein Engel gewesen ist, der ihm und den beiden Jungen das Leben gerettet hat.

Johannes Hansen

Ich treffe öfter Engel

ein Gedanke kommt geflogen
überraschend wunderbar
in meinem Kopf sucht er sein Nest
für mich ist es ein Engel

ein Mensch in einer fremden Stadt
grüßt mich strahlend herzlich
ein Vitaminstoß für mein Gemüt
für mich ist es ein Engel

ein Gedicht von Reiner Kunze
nur vier Zeilen sind es
macht mich still und seltsam froh
für mich ist es ein Engel

ein Brief kam heute mit der Post
von einem Freund nach vielen Jahren
sekundenschnell ist alles wieder gut
für mich ist es ein Engel

ein Satz früh in der Zeitung
bringt mich auf eine neue Spur
endlich wird mir etwas klar
für mich ist es ein Engel

ein Fahrer winkt mir heftig zu
er sieht die tödliche Gefahr
vor uns brennt die Autobahn
für mich ist es ein Engel
ein Gespräch am Telefon
es ist ein Christenmensch
vertreibt aus mir die Melancholie
für mich ist es ein Engel

ein Solo auf dem Saxophon
das Halleluja im rauchigen Ton
lässt meine müden Knochen schwingen
für mich ist es ein Engel

Silke Benner

Der Himmel über Sachsen-Anhalt

Die acht Tage in Berlin sind wie im Flug vergangen. Voll von bereichernden Gesprächen war die gemeinsame Zeit mit meiner Freundin Felicitas, bei der ich zusammen mit meinem Sohn David gewohnt habe. An unsere freundschaftlichen Bande haben wir ein weiteres Stück Stoff gewebt, einen neuen, bizarren, kostbaren Knoten angeknüpft. Jetzt heißt es Abschied nehmen. Wir umarmen uns, froh, dass wir einander haben und irgendwann wiedersehen werden.

„Mach öfter eine Pause, und pass auf dich auf!", gibt mir meine Freundin noch mit auf den Weg. „Und gute Fahrt!"

Ausgerüstet mit Malbüchern, belegten Brötchen und der Hörspielkassette „Simba, der neidische Löwe" fahren David und ich morgens ausgeruht und bei klarem Himmel über den Berliner Ring. Vor uns liegt ein ganzer Tag ermüdender Autoreise. Ich rechne mit neun Stunden Fahrzeit ohne Pausen von Berlin bis Kaiserslautern. Einmal quer durch das landschaftlich abwechslungsreiche, wunderschöne weite Deutschland! Diese lange Strecke verlangt mir als ungeübter Fahrerin die letzten Reserven an Durchhaltevermögen ab. Aber wie anstrengend muss sie erst für meinen Jüngsten sein, der hinter mir – im Kindersitz festgeschnallt – stillsitzen soll!

Als wir die Kassette gerade zum zweiten Mal hören, klopft sacht mein Gewissen an: „Silke, du hast Barbara vergessen." Vor meiner Berlinreise hatte ich mich für den Rückweg bei meiner Schwester in Rothenburg ob der Tauber angemeldet, Genaueres aber noch offen gelassen.

„Nein, diesen Umweg von etwa hundert Kilometern will ich mir heute ersparen", geht es mir jetzt, als wir durch

Sachsen-Anhalt fahren, durch den Kopf. „Ich bin froh, wenn ich so schnell wie möglich zu Hause bin. Aber ich hätte sie wenigstens anrufen sollen."

Simba, der neidische Löwe, reißt mich aus meinen Gedanken. Er übt gerade das Gähnen.

„Mama, ich muss aufs Klo!", tönt es da vom Rücksitz. „Halt schön aus", besänftige ich meinen Sohn. „Ich kann auf der Autobahn nicht stehen bleiben. Beim nächsten Parkplatz fahre ich raus. Da kommt schon ein Schild, fünfhundert Meter bis zur Haltebucht ... So, da wären wir. Schau David, da ist sogar ein Containerklo aufgestellt ... Das ging ja noch rechtzeitig über die Bühne. Hände können wir hier wohl nicht waschen!"

Ich blicke mich auf dem primitiven Parkplatz um. Weit hinten hält ein einzelner LKW. „David, steig schnell wieder ein", treibe ich meinen Sohn an. „Hier ist es unheimlich einsam." Auf einmal fällt mir ein, wie oft in „Aktenzeichen XY" von Autobahnraststätten die Rede war ... Doch als ich den Schlüssel im Schloss umdrehe, gibt die Zündung nur ein leises „Klack" von sich. Unruhig rutsche ich auf dem Sitz hin und her. Einen langen Augenblick halte ich hoffnungsvoll den Atem an, dann bewege ich noch viermal den Zündschlüssel. Vergeblich!

„Nein, das darf nicht sein. Spring endlich an." Der Golf gibt jetzt nicht einmal mehr ein „Klack" von sich.

„Mama, fahr doch weiter", drängt mich mein Sohn.

Was soll ich tun? Wir stecken fest! Ich überlege, was ich normalerweise in solchen Ohnmachtssituationen mache. „Warte mal, David, Mama weiß nicht, wie es weitergehen soll. Ich muss erst mal beten."

Völlig kopflos und verwirrt sinke ich in mir zusammen. „Lieber Herr Jesus, ich weiß nicht, wie ich jemals wieder von diesem Parkplatz wegkommen soll. Hier gibt es kein Telefon. Ich brauche deine Hilfe." Dann wende ich mich

David zu: „Komm, wir steigen aus und lassen das Auto erst mal abkühlen.“

Mit einem Mal bin ich ruhig. So entspannt, als hätte ich mit der Sache nichts zu tun. Gelassen schließe ich die Autotür ab und drehe mich um. Aber was sehe ich da? Gerade kommt ein Pannenfahrzeug auf den Parkplatz. So prompt hätte ich nicht mit Hilfe gerechnet!

Hoffnungsvoll laufe ich auf die zwei Männer zu. „Sie schickt der Himmel! Können Sie mal nach meinem Fahrzeug sehen?“ Sofort legen sie ihre Frühstücksbrötchen beiseite und kommen mit. Zögernd gebe ich meinen Autoschlüssel in die offene Hand des einen. „Auf Gedeih und Verderb ausgeliefert“, denke ich und klammere mich an meiner Handtasche fest. Aber merkwürdigerweise breitet sich die Gewissheit, ganz in Jesu Hand zu sein, so stark in mir aus, dass all meine Sorgen plötzlich einem grenzenlosen Glücksgefühl und der Freude und Dankbarkeit weichen.

Von tiefem, innerem Frieden umhüllt, atme ich die Sicherheit ein, dass gerade zwei Engel vor mir stehen. Jetzt sehe ich sie mir genau an. Sind sie tatsächlich Himmelsboten? Als ich ihnen ins Gesicht blicke, erlange ich Gewissheit. Freundlich sagt der Größere: „Es springt sofort an, Ihr Auto. Wohin wollen Sie denn heute noch?“

Ich melde meine Bedenken an, dass das Auto mich bei jedem Stopp wieder im Stich lassen könnte. Und frage, ob ich nicht besser ohne Halt durchfahren sollte und was die beiden für ihre Mühe bekommen.

„Nein, das kostet nichts. Aber machen Sie unterwegs eine Pause“, betont der eine und wirft mir einen besorgten Blick zu. „Sie werden sonst müde. Bis Kaiserslautern können Sie heute nicht ohne Pause durchfahren, hören Sie?“ Nachdenklich starre ich ihn an, die Ohren auf Durchzug. „Also, wir finden keinen Schaden am Auto. Auf Wiedersehen!“

Wie im Traum lenke ich mein Auto auf die Überholspur Richtung Heimat. Der Motor schnurrt wieder zuverlässig. Ja, Gott lässt mich nie und nimmer im Stich! Noch immer bestimmt dieses sonderbare, traumartige Gefühl, dass ich gerade etwas Besonderes erlebt habe, meine Sinne. Rechts rauschen Felder und Fabriken an mir vorbei. Und auch diese tiefe Freude lässt mich nicht los. Wie in einem Kaleidoskop wirbelt die Anweisung, eine Pause zu machen, in mir herum und hallt in tausend Echos nach.

Blitzartig fällt Verständnis von meinem Kopf ins Herz. Ich erinnere mich: Heute Morgen ... vor meiner Berlinreise ... für den Rückweg ausgemacht ... Aufwand nicht wert ... nicht telefonisch abgemeldet.

Jetzt legt sich ein Gedanke auf das eben Erlebte: Himmelsboten helfen nicht nur bei Pannen, sie geben auch Weisungen von Gott weiter!

„Jesus, ich füge mich deinem Rat", bete ich. „Wenn du willst, dass ich Barbara besuche, werde ich Segensträger sein." Bald setze ich den Blinker für die Abfahrt, die mich nach Rothenburg führen wird. Ich freue mich über diesen deutlichen Auftrag. Mit neuem Elan bewältige ich die Weiterfahrt.

„Ich dachte, du kommst erst morgen, weil du noch nicht angerufen hast. Schön, dass du da bist!" Barbara strahlt übers ganze Gesicht, und wir verbringen zwei gemeinsame Stunden. Dieser Kurzbesuch wird einen Sinn gehabt haben. Vielleicht haben ja unsere Kinder für ihre Zukunft von unserem Gespräch profitiert.

Und das Auto? Das hat seitdem nicht mehr gestreikt. Ich kann nur staunen über einen so einfallsreichen Gott, der meinem Vertrauen in seine Führung jeden Tag neue Nahrung gibt.

Mary Batchelor

„Geh an die Hauptstraße“

Wir kennen Patricia St. John vor allem als Kinderbuchautorin. Ihre bekanntesten Titel, *Das Geheimnis von Wildenwald* und *Spuren im Schnee,* wurden in viele Sprachen übersetzt und sogar verfilmt.

Im Zweiten Weltkrieg machte sie in London eine Ausbildung zur Krankenschwester; dann ging sie in ein Missionskrankenhaus nach Tanger, wo ihr Bruder Farnham Arzt war. Als der heiratete, zog sie in eine marokkanische Gebirgsstadt, wo sie ihre Nachbarn und die umliegenden Dörfer medizinisch betreute. Gleichzeitig nutzte sie jede Gelegenheit, um den Menschen von Jesus Christus zu erzählen. Allerdings besuchte sie die Dörfer nur dann, wenn sie eingeladen wurde. Die Dorfbewohner schützten sich nämlich mit Dornengestrüpp und wilden Hunden vor unerwünschten Besuchern. Wenn man allerdings Fremde einlud, war man sehr gastfreundlich.

Patricia betete also regelmäßig und wartete auf die nächste Einladung. Einmal waren sie und ihre arabische Begleiterin Fatima über Nacht in einem Dorf geblieben. Bei Sonnenaufgang machten sich die Frauen auf den Heimweg, denn sie wollten um neun Uhr zurück sein – pünktlich zum Schulunterricht, den Patricia für die Kinder ihrer Stadt abhielt. Sie wanderten über Stoppelfelder, und als die Sonne den Frühnebel durchbrochen hatte, wussten sie, dass es schon bald sehr heiß würde. Als sie auf der Hauptstraße einen Bus kommen sahen, freuten sie sich. So mussten sie die dreizehn Kilometer bis nach Hause nicht zu Fuß gehen.

Als der Abzweig zu ihrer Stadt kam, gingen sie nach vorn

und baten den Busfahrer anzuhalten. Aber aus irgendeinem Grund war er mürrisch und unwillig.

„Hier halte ich nicht“, knurrte er. „Das ist keine richtige Haltestelle. Ihr könnt an der nächsten Station aussteigen und von dort in die Stadt laufen.“ Der Bus tuckerte noch acht oder zehn Kilometer weiter die Straße entlang, bis er schließlich knirschend zum Stehen kam. Jetzt waren sie weiter von ihrer Stadt entfernt als vorher.

Patricia war wütend. „Wir sind niemals pünktlich zurück!“, jammerte sie.

Doch Fatima behielt ihre gute Laune. „Wir haben heute Morgen gebetet, dass Gott uns führt“, erinnerte sie. „Warum regst du dich dann so auf?“

Eine Weile starrten sie dem Bus hinterher. Vielleicht kam ja aus der anderen Richtung ein Bus, der sie ein paar Kilometer mitnehmen könnte? Umsonst.

Aber nein ... Da *kam* jemand alleine den Hügel herunter. Als die Person näher kam, sahen sie, dass es eine Frau war, die auf ihrem Arm ein Bündel mit Lumpen trug. Patricia war verblüfft. Es war kein Markttag, und keine Frau würde zu einer anderen Zeit ihr Dorf verlassen und über die Hügel wandern. Außerdem gingen Frauen immer in Gruppen, niemals allein.

Sie warteten und beobachteten, wie die Frau näher kam. Als sie schließlich vor ihnen stand, wandte sie sich an Fatima: „Ist das die englische Krankenschwester?“ Dabei deutete sie mit dem Daumen auf Patricia. Als ihr dies bestätigt wurde, zog sie sachte das Tuch zurück und zeigte Patricia den Inhalt ihres Bündels: Da lag ein Baby in einem schrecklichen Zustand. Nie zuvor hatte Patricia so stark entzündete Augen gesehen. Sie waren ganz zugeschwollen und verklebt.

„Meine Tochter“, sagte die Frau. „Kannst du ihr helfen?“

„Seit wann sieht sie schon so aus?“, erkundigte sich Patricia.

„Seit vier Tagen. Sie weint nur und will nicht trinken.“

„Aber woher wusstest du, dass du sie hierher bringen konntest? Heute ist kein Markttag.“

„Letzte Nacht“, antwortete die Frau, „wusste ich, dass es meiner Tochter schlimmer ging. Sie glühte vor Fieber. Irgendwann schlief ich ein und hatte einen Traum. Ein weiß gekleideter Mann kam auf mich zu und sagte: ‚Bring dein Kind zu der englischen Krankenschwester.‘ – ‚Aber ich kenne sie doch gar nicht. Wo soll ich sie finden?‘, sagte ich. Da sagte der Mann in Weiß zu mir: ‚Geh bei Sonnenaufgang an die Hauptstraße. Da wirst du sie finden. Sie wird dir sagen, was du tun sollst.‘ Da bin ich aufgewacht, habe mein Kind genommen und getan, was mir der Mann in Weiß gesagt hat. Und hier bist du nun.“

Patricia und Fatima gingen nun ohne die leiseste Klage die acht oder zehn Kilometer nach Hause und nahmen die Frau und ihr Baby mit. Patricia gab dem Kind mehrmals eine Penicillinspritze und wusch ihm die Augen aus. Bis zum Abend sah es schon besser aus. Bevor die Frau wieder nach Hause ging, lud sie Patricia zu sich in ihr Dorf ein.

Am nachsten Samstag besuchten Patricia und Fatima die Frau in ihrem Dorf. Sie freuten sich, als sie sahen, dass die Augen des Kindes gut geheilt waren. Vor dem Haus sammelte sich eine fröhliche, lachende Menschenmenge, und Patricia verteilte Medikamente an die Kranken. Anschließend lauschten die Menschen ihren Geschichten, denn die Mutter hatte gefragt: „Hast du uns auch den Weg zum Himmel mitgebracht?“

Mary Batchelor

Der Käfer

Pfarrerin Irene Ahrens scheint eine Vorliebe für Engel zu haben. Vor einigen Jahren wurden Engel-Collagen, mit denen sie ein Buch für ihre Tochter illustriert hatte, in der angesehenen Londoner *Pentagram Gallery* ausgestellt. Und weil sich ihr Ruf als Illustratorin inzwischen herumgesprochen hatte, bekam sie sogar von der Post den Auftrag, einige Engel als Motiv der Weihnachts-Sonderbriefmarken 1998 zu entwerfen.

„Die Engel auf den Collagen waren sehr wild", erzählte sie mir. „Die auf den Briefmarken sehen dagegen fast so aus, als seien sie von mittelalterlichen Künstlern gemalt worden."

Sie machte mich darauf aufmerksam, dass die Engel auf den Briefmarken stets nach unten schauen. „Auch wenn man sie nirgends sieht", erklärte sie mir, „steht im Mittelpunkt stets die Krippe. Alle Engel blicken auf das Jesuskind."

Irene von Treskow – so ihr Künstlername – zog 1984 von Deutschland nach England, weil ihr Mann dort beruflich zu tun hatte. Sie war damals ziemlich niedergeschlagen. Als ein junger Mann sie fragte, ob sie denn ein persönliches Verhältnis zu Jesus hätte, wurde ihr klar, dass ihr genau das fehlte. „Ihm verdanke ich es, dass ich Christin geworden bin", erklärte sie mir rückblickend.

Irene von Treskow hatte für *Faber and Faber* bereits hundert Buchumschläge gestaltet und war sehr erfolgreich. Doch gegen Ende der 80er-Jahre hatte sie allmählich das Gefühl, dass Gott sie in den Dienst der Anglikanischen Kirche rief. Alle Kollegen hielten sie für vollkommen übergeschnappt. Doch ihr Vorgesetzter unterstützte sie, wo er nur konnte. „Wenn Sie wirklich meinen, Sie sollten das tun", sagte er zu ihr, „dann haben Sie meine Unterstützung."

Irene von Treskow Ahrens ist inzwischen Hilfsgeistliche und hat nur noch wenig Zeit fürs Zeichnen. Doch sie ist heute noch froh, dass sie damals die Gelegenheit hatte, Engel auf jedermanns Weihnachtspost kleben zu können.

„Wir sind sogar einmal unserem eigenen Engel begegnet", erzählte sie mir, „obwohl er grobe Bauernkleidung trug und einen VW-Käfer fuhr."

Es war der Heilige Abend 1983. Irene und ihr Mann machten einen kleinen Spaziergang auf der verschneiten Privatstraße zu ihrem Schweizer Chalet, wo sie sich gerade aufhielten. Ihr Mann hatte kurz zuvor eine schwere Meningitis überstanden und bekam seitdem manchmal epileptische Anfälle.

Auf einmal sagte ihr Mann, ihm sei schwindlig, und setzte sich auf das Geländer, das den Weg vor einem steilen Abhang sicherte. Irene bekam Angst, das Schwindelgefühl könnte einen Anfall einleiten, und sie wollte nicht riskieren, dass er womöglich vom Geländer fiel und den steilen Abhang hinabstürzte. Deshalb zog sie ihn schnell zu Boden, wo er im Schnee liegen blieb. Es war fünf Uhr nachmittags und bereits dunkel.

Sie wartete, bis ihr Mann wieder zu sich gekommen war, und sagte ihm dann, sie wolle zurückgehen und das Auto holen. Aber er war noch ganz schwach und durcheinander und bat seine Frau, nicht wegzugehen. Irene war ratlos und wusste nicht, was sie tun sollte.

Plötzlich hörte sie Motorengeräusch. Sie traute ihren Ohren nicht, denn sie waren auf einer Privatstraße gegangen, auf der man keine Autos erwarten konnte. Und doch – plötzlich kam ein kleiner VW-Käfer in Sicht. Irene stellte sich mitten auf die Straße, um das Fahrzeug anzuhalten. Zuerst schaute der Fahrer sie misstrauisch an, doch als sie ihm die Situation erklärte, war er bereit, die beiden nach Hause zu bringen.

Es stellte sich heraus, dass der Autofahrer Peter hieß und ein Nachbar war, dem das Feld neben ihrem Chalet gehörte. Deshalb benutzte er also diese Privatstraße. Aber dass er ausgerechnet am Heiligen Abend dort entlangfuhr, war mehr als Glück oder Zufall gewesen. Die beiden nannten ihren Nachbarn fortan *Pierre L'Ange* (Peter der Engel).

Gottfried Zurbrügg

„Ich heiße Gabriel"

Eine Frau blieb auf der Autobahn liegen. Es war schon spät am Abend, und die Dunkelheit senkte sich über Berg und Tal. Weit und breit war keine Rufsäule zu sehen. Es war eine brenzlige Situation.

Natürlich hatte sie nicht darauf geachtet, in welcher Richtung die nächste Rufsäule war. Sollte sie dem rasenden Verkehr in der Dunkelheit entgegengehen? Sollte sie sich hinter die Leitplanke zurückziehen? Als sie noch ratlos dastand, hielt ein Auto.

Ein sehr netter junger Mann stieg aus und bot ihr seine Hilfe an. Sie spürte, dass sie ihm vertrauen konnte. Er öffnete die Motorhaube und sah in den Motorraum. Gezielt griff er nach dem einen oder anderen Kabel. Er war ein Fachmann, das sah man sofort.

Erleichtert beugte sich meine Bekannte zu ihm und fragte scherzhaft: „Sind Sie ein Engel?“

Der junge Mann lachte. „Nein“, sagte er, „aber Sie werden lachen: Ich heiße Gabriel.“

Ursula Imhof

Katjas persönlicher Engel

„Wie sehen eigentlich Engel aus?“, fragte Katja am Abendbrottisch und sah ihre Mutter erwartungsvoll an.

„Ganz bestimmt nicht so wie du!“, neckte Thomas seine kleine Schwester. „Engel sind immer brav und ganz sauber, machen nie was kaputt und tun alles, was ihre großen Brüder sagen!“

„Ja, genau! Das meine ich auch!“, schaltete sich Marco schnell ein und zwinkerte seinem Bruder zu. „Außerdem haben die lange blonde Locken und rote Pausbacken, tragen schneeweiße Kleider mit goldenen Rüschen und haben auf ihrem Rücken riesige Flügel! Aber, Schwesterchen, wenn du gleich unsere Schuhe putzt und unser Zimmer aufräumst, hast du bestimmt noch eine Chance, eines Tages so ein süßes, braves Engelchen zu werden!“

„Nun lasst es mal gut sein!“, ermahnte Christa ihre beiden Ältesten und wandte sich ihrer kleinen Tochter zu. „Weißt du, Katja, Engel – das sind Boten Gottes. Normalerweise sind sie für die Menschen nicht sichtbar, deshalb können wir auch nicht sagen, dass sie so oder so aussehen. Sie können sich uns in allen möglichen Gestalten zeigen, als

Kleine oder Große, als Schwache oder Starke. Aber, sag mal, warum willst du das eigentlich wissen?"

„In der Schule führen wir demnächst ein Theaterstück auf, in dem ein Engel vorkommt!", erzählte Katja, und ihre Wangen glühten vor Eifer. „Und meine Lehrerin hat gefragt, ob ich den Engel spielen möchte! Ist das nicht toll? Natürlich habe ich ja gesagt. Was ziehe ich bloß an? Ich muß doch als Engel ganz besonders schön aussehen!"

Christa lächelte beruhigend. „Das kriegen wir schon hin! Wir müssen erst einmal herausbekommen, was für eine Rolle der Engel in diesem Stück spielt, was er tun und sagen muss. Weißt du, Katja, Engel werden von Gott auf die Erde geschickt, um den Menschen etwas Besonderes zu sagen oder zu zeigen. Und dabei kommt es nicht auf das Aussehen an, sondern auf das, was der Engel zu sagen oder zu tun hat. Ein Engel muss nicht immer besonders schön und beeindruckend sein. Selbst ein zerlumpter Mann oder eine gebrechliche alte Frau können ein Engel sein."

„Dann hast du ja doch noch eine Chance!", grinste Thomas breit und fing sich einen strafenden Blick seiner Mutter ein. Und Marco fuhr fort: „Der Klaus aus meiner Klasse hat mir erzählt, dass seine Schwester ein Engel ist. Da habe ich zu ihm gesagt: ‚Mann, du hast es gut, meine lebt noch!'" Er und Thomas kugelten sich vor Lachen über Katjas verständnisloses Gesicht, die dieser Art von Humor ihrer älteren Brüder nicht folgen konnte.

„Es ist doch schön, wenn man eine Schwester hat, die ein Engel ist!", sagte sie naiv und hatte fast Tränen in den Augen, weil die beiden Jungen sie nur noch mehr auslachten.

„Schluss jetzt!" Ulrich faltete seine Zeitung zusammen und sah seine Söhne strafend an. „Ihr solltet euch nicht ständig auf Katjas Kosten amüsieren. Sie ist noch viel zu klein, um eure derben Späße zu verstehen! Komm, mein Schatz!" Er wandte sich an seine kleine Tochter und nahm sie tröstend in die Arme. „Lass die beiden nur reden! Wir werden das schon hinkriegen! Du wirst bestimmt der schönste Engel in der ganzen Schule sein!“

Katja ließ sich nur zu gerne von ihrem Vater trösten. Aber noch immer überlegte sie, welche Art von Engel sie wohl darstellen sollte. Später fragte sie ihre Mutter: „Glaubst du, dass ich mal einen richtigen Engel sehen kann?“

Christa überlegte. „Ich weiß es nicht!“, sagte sie nachdenklich. „Es gibt nicht viele Menschen, die schon mal einem Engel begegnet sind. Aber vielleicht haben wir einfach keinen Blick für sie! Vielleicht begegnen uns manchmal Engel, und wir erkennen sie nicht, weil wir so unsere eigenen Vorstellungen von ihnen haben. Wir erwarten immer strahlende und mächtige Gestalten und übersehen dabei diejenigen, die ganz anders aussehen. Schon in der Bibel wird erzählt, dass manchmal Engel zu den Menschen gesandt wurden, und diese erkannten gar nicht, wer zu ihnen kam. Manchmal waren Engel Furcht erregende Gestalten, sodass die Menschen Angst bekamen. Andere wiederum waren einfach müde Wanderer, schmutzig und zerlumpt. Gott fordert uns sogar auf, dass wir stets gastfreundlich sein sollen, weil wir mit einem dieser müden Wanderer vielleicht einen Engel aufnehmen!“

Katja hörte aufmerksam zu, nickte jetzt eifrig. „Ich werde aufpassen, ob ich einen Engel sehe. Vielleicht ...!“ Sie lächelte erwartungsvoll.

Zwei Tage später kam Katja nachmittags vom Musikunterricht nach Hause und läutete Sturm. Christa öffnete schnell und blickte verständnislos auf ihre kleine Tochter, die mit einem fremden, nicht gerade gepflegt wirkenden Mann im Schlepptau vor der Haustür stand.

„Mami!“, flüsterte sie aufgeregt. „Ich habe einen gefunden, einen Engel, meine ich! Hier, das ist er!“

Argwöhnisch betrachtete Christa den Fremden. Er war weder besonders groß noch beeindruckend, sein spärliches Haar zeigte eine schmuddelige graublonde Farbe, ebenso sein struppiger Bart. Seine Nase war dick und rot, voller geplatzter Äderchen; offenbar war dieser Mann dem Alkohol sehr zugetan. Und dann seine Kleidung! Na ja, die hatte auch schon bessere Tage gesehen ... An vielen Stellen waren größere und kleinere Löcher zu sehen, und insgesamt strömte sie einen penetranten Geruch aus.

Der Mann grinste sie breit an und entblößte dabei eine Reihe schadhafter Zähne. Mit tiefer Stimme sagte er: „Guten Tag, gnä' Frau. Ich bin der Engelbert!"

Christa blickte entsetzt von einem zum andern. Wen schleppte Katja denn da nur an? Irgendetwas musste das Kind missverstanden haben!

Aber das kleine Mädchen strahlte übers ganze Gesicht. „Das ist mein Engel!", erklärte sie vergnügt, nahm den schmutzigen Mann einfach an die Hand und zog ihn hinter sich her ins Haus.

„Katja, du kannst doch nicht einen fremden Mann ins Haus holen!", protestierte Christa schwach. „Wie kommst du nur darauf, dass dieser ... dieser Mensch ein Engel sein könnte?"

„Er hat es mir selbst gesagt!" Katja war nicht zu bremsen. „Er stand an der Ampel und hat mich festgehalten, weil er genau wusste, dass ich bei Rot rübergehen wollte!"

„Das hätte jeder andere Passant auch getan!", wandte Christa ein. „Du kannst doch nicht einen wildfremden Mann ins Haus schleppen, zumal so einen ... einen Pennbruder oder Nichtsesshaften oder wie immer man ihn nennt! Und das nur, weil er dir gesagt hat, dass man nicht über eine rote Ampel gehen darf. Deswegen ist er doch noch lange kein Engel!"

„Aber er hat es doch selbst gesagt, Mami! Weißt du nicht

mehr, wie du mir erzählt hast, dass Engel nicht immer besonders schön sein müssen und dass wir gastfreundlich zu einem müden Wanderer sein sollen, weil er vielleicht ein Engel ist? Und als ich Engelbert gefragt habe, ob er ein müder Wanderer ist, da hat er ja gesagt!"

Christa wusste auf Anhieb nicht, wie sie sich jetzt verhalten sollte. Schließlich besaß sie keinerlei Erfahrung mit müden Wanderern oder schmutzigen Engeln.

Aber natürlich wusste Katja Rat. „Mein Engel möchte bestimmt gerne baden und sich ein bißchen ausruhen. Er kommt sicher von ganz weit her. Könnten wir ihm nicht ein paar von Papas Kleidungsstücken geben und später alle zusammen essen? Es ist doch was ganz Besonderes, mit einem Engel Abendbrot zu essen!"

Christa nickte überrumpelt und ging den beiden ins Badezimmer voran. „Aber pass gut auf deinen Engelbert auf!", warnte sie misstrauisch. „Vorsichtshalber werde ich mal alle Türen abschließen. Nicht dass er nachher mit unserem Hab und Gut verschwunden ist und wir das Nachsehen haben!"

Verwirrt stand Christa in der Küche, um das Abendessen vorzubereiten. Aus dem Badezimmer hörte sie fröhliches Geplätscher und Engelberts Stimme, der ein paar lustige Lieder vor sich hinträllerte. Wie konnte sie diesen Mann nur schnellstens wieder loswerden?

Tief in ihre Gedanken versunken hörte sie Ulrich nach Hause kommen. Doch bevor sie ihn warnen konnte, hatte er bereits die Badezimmertüre geöffnet, um sich die Hände zu waschen. Einen Moment lang war es mucksmäuschenstill, dann kam er in die Küche gerannt.

„Da sitzt ein fremder Mann in unserer Badewanne!", schrie er entrüstet. „Bist du denn von allen guten Geistern verlassen!"

„Pst, nicht so laut!", Christa legte warnend den Finger auf den Mund. „Das ist Engelbert, Katjas persönlicher

Engel!“ Leise erklärte sie Ulrich die Vorgänge. Er sah seine Erau verwirrt an, musste dann plötzlich laut loslachen.

„Das gibt's doch nicht!“, rief er endlich. „Katjas persönlicher Engel! Na gut, diesen Spaß soll das Kind haben! Aber nach dem Abendbrot verschwindet er auf Nimmerwiedersehen, dieser Engelbert!“

Alle zusammen saßen sie später am Ahendbrottisch. Ulrich blickte wehmütig auf das schöne karierte Hemd und die dunkelblaue Hose aus seinem Schrank, die Katja ihrem Engel geschenkt hatte. Und dann – einfach unglaublich, was für einen Appetit dieser Mann entwickelte!

„Kann ich noch Fleisch bekommen?“, fragte der gerade und schluckte schnell den letzten Bissen seiner dritten Portion hinunter. „Also wisst ihr, Jungs, bei meiner Wanderung durch die Rocky Mountains habe ich Dinge gesehen, die so wunderbar waren, dass ihr bestimmt ...!“

Thomas und Marco lauschten hingerissen Engelberts Erzählungen. Entweder hatte dieser Mann eine ungeheure Fantasie, oder er war wirklich weit herumgekommen in der Welt, musste Ulrich unwillig zugeben. Jedenfalls – erzählen konnte er, ob das alles nun stimmte oder nicht!

Auch Katja hörte mit strahlendem Gesicht zu. Sie bemerkte weder die struppigen Haare noch die schadhaften Zähne. Sie sah nur das Leuchten in Engelberts Augen, lauschte auf seine Stimme – und war glücklich!

Plötzlich hatte sie eine neue Idee. „Willst du nicht heute Nacht hier bei uns bleiben, Engelbert?“, fragte sie eifrig. „Nicht wahr, Papa? Wir haben doch Platz genug im Haus. Und wann haben wir schon mal einen Engel zu Besuch!“

Ulrich wusste nicht, was er sagen sollte. „Aber das geht doch nicht, Kind! Nein, wirklich nicht! Der Herr Engelbert hat sicher ganz andere Pläne!“, stotterte er verwirrt und funkelte Christa wütend an, die sich nach seiner Meinung viel zu sehr im Hintergrund hielt.

Aber Engelbert machte Ulrich einen Strich durch die Rechnung. „Gern!“, rief er fröhlich. „Wenn Sie mich alle so freundlich einladen, kann ich natürlich nicht nein sagen. Ich bin auch mit einem ganz einfachen Lager zufrieden, vielleicht im Schuppen oder sonstwo!“

„Im Keller haben wir einen kleinen Hobbyraum!“, kam Christa ihm zu Hilfe. „Da drin steht doch eine Liege, und ein paar Decken sind auch da. Für eine Nacht sollte das ausreichen!“

„Nun gut!“ Ulrich gab sich geschlagen, konnte er seiner kleinen Tochter doch selten einen Wunsch abschlagen. Wenn alle Familienmitglieder zu diesem Engelbert hielten, hatte er ja wohl kaum eine Chance, sich gegen ihn zu stellen! Also opferte er sogar noch einen seiner Schlafanzüge, damit Engelbert nicht in seiner neu erworbenen Kleidung schlafen musste!

Mit unguten Gefühlen ging Ulrich an diesem Abend schlafen, nicht ohne vorher noch einmal alle Türen zu kontrollieren. Waren sie auch wirklich verschlossen? Bestand nicht die Gefahr, dass Engelbert plötzlich in der Wohnung stand und sie ausraubte oder ihnen noch Schlimmeres antat?

Mitten in der Nacht wurde Ulrich wach, wusste aber nicht genau, was ihn geweckt hatte. War da nicht eine Tür gegangen?

Vorsichtig schlich er durchs Zimmer, nahm einen hölzernen Kleiderbügel, der an der Schranktür hing, fest in die Hand, um sich notfalls verteidigen zu können. Plötzlich zuckte er zusammen. Sirenen der Feuerwehr oder eines Polizeiwagens heulten vor dem Haus laut auf, gleichzeitig wurde stürmisch an der Eingangstür geläutet.

Christa war nun ebenfalls wach geworden, hielt sich – zu Tode erschrocken – im Hintergrund. Ulrich schlich vorsichtig zur Tür, blickte nach draußen und sah dort zwei Polizisten und mehrere Feuerwehrmänner stehen.

Gott sei Dank! fuhr es ihm durch den Kopf. Bestimmt war Engelbert ein Terrorist oder ein lang gesuchter Krimineller, und die Polizei war jetzt gekommen, um ihn zu verhaften! Aber warum gleich zusammen mit der Feuerwehr?

Rasch öffnete er die Tür und wies auf den Keller. „Da unten!“, flüsterte er. „Er ist da unten! Vorsichtig, vielleicht ist er bewaffnet!“

Der Polizist reagierte seltsam. „Schnell, alles nach draußen, die gesamte Familie!“, rief er und blickte sich im Flur um. Inzwischen waren Christa und auch Thomas und Marco dazugekommen. Nur Katja schlief so fest, dass sie von dem Lärm nichts mitbekam.

Ulrich rannte in ihr Zimmer, nahm das schlaftrunkene kleine Mädchen in seine Arme und trug es rasch nach draußen. Zitternd standen dann alle vor dem Haus und beobachteten angstvoll, wie mehrere Feuerwehrmänner mit Atemschutzmasken in das Haus eindrangen.

Ein paar Minuten später kamen die Feuerwehrmänner zurück – allein, ohne Engelbert! Ihre Atemschutzmasken hatten sie abgenommen.

„Alles in Ordnung!“, sagte der Einsatzleiter und schüttelte Ulrich die Hand. „Da haben Sie aber wirklich einen guten Schutzengel gehabt! Wenn Sie nicht rechtzeitig gemerkt hätten, was da in Ihrem Keller los ist, wären Sie in wenigen Minuten mitsamt Ihrem Haus in die Luft geflogen. Ich glaube nicht, dass einer von Ihnen da heil rausgekommen wäre!“

Ulrich begriff nichts. „Wie bitte? Was meinen Sie denn? Ich verstehe nicht!“, stotterte er aufgeregt. „Haben Sie denn nicht Engelbert ... ich meine den Terroristen ... oder?“ Er wußte nicht mehr, was er sagen sollte.

„Es hat uns doch jemand angerufen und mitgeteilt, dass Ihre Gasleitung im Keller defekt ist und das Haus jeden Moment in die Luft gehen kann!“, erklärte der Einsatzleiter nun verwundert. „Haben Sie denn nicht telefoniert? Also, das verstehe ich wirklich nicht! Die Leitung war notdürftig abgedichtet, zumindest für einige Zeit! Unsere Männer haben die Leitung erst einmal gesperrt, bis das Leck richtig repariert ist!"

Noch immer verwundert schüttelte er den Kopf und ging wieder in den Keller. Ulrich lief ihm nach. „Aber ich begreife das alles nicht! Wo ist Engelbert?"

Er rannte in den Hobbykeller. Der Raum war leer, nichts deutete darauf hin, dass hier ein Mensch übernachtet hatte. Ulrich blickte in alle anderen Räume. Nichts! Engelbert blieb verschwunden!

Schon bald durfte die Familie in ihre Wohnung zurück. Noch lange saßen sie zusammen, sprachen über Engelbert, der ihnen allem Anschein nach das Leben gerettet hatte. Aber warum war er dann so schnell verschwunden?

„Wahrscheinlich hat er den Schaden am Gasrohr bemerkt und ist auf und davon, um nicht mit uns in die Luft zu fliegen!", mutmaßte Ulrich. „Unterwegs hat er dann ein schlechtes Gewissen bekommen und die Feuerwehr verständigt!"

„Oder er war mit seinem Auftrag bei uns fertig und ist woanders hingegangen!", sagte Katja. „So machen Engel das doch, oder? Das ist eben himmelisch!"

Ulrich lächelte über ihre Wortschöpfung. Aber seine Gedanken kehrten immer wieder zu Engelbert zurück.

Schließlich gingen sie alle zurück in ihre Zimmer, um noch ein bisschen zu schlafen. In der Diele sah Ulrich sein kariertes Hemd und seine blaue Hose, die Katja ohne sein Wissen so freigebig verschenkt hatte, fein säuberlich zusammengefaltet auf einem Stuhl liegen. Und über der Lehne hing der verliehene Schlafanzug.

Nicht mal meine Sachen sind so einem Pennbruder gut genug, dachte er zuerst ärgerlich. Doch dann wurde er nachdenklich.

„Seltsam!“, murmelte er und strich mit der Hand über seine Kleidung. „Aber wie Katja schon sagte, das ist eben *himmelisch!*“

Eckart zur Nieden

Schadrach

Du, Schadrach, mit den zwei Gefährten,
die sich im Glauben wohl bewährten,

du trugst zum Schluss den Sieg davon
beim Herrscher über Babylon.

Der hat auf einem weiten Feld
ein Riesen-Standbild aufgestellt.

Ein Götze. Doch man sagt, er trüge
Nebukadnezars eigne Züge.

Das Ding war höher als ein Haus
und sah auch ziemlich prächtig aus:

Mit echtem Goldblech – ungelogen! –
von Kopf bis Füßen überzogen.

Nun ging in sämtliche Provinzen
der Ruf des Königs: Alle Prinzen,

die Fürsten und die Mächtigen,
die Schönen und die Prächtigen,

die wichtigen Provinzstatthalter,
die königlichen Schlossverwalter,

die Staatsanwälte und die Richter,
die Philosophen und die Dichter,

die Würdenträger, Präsidenten,
die Großen und die Prominenten,

die Künstler und die klugen Geister,
die Handwerks- und die Bürgermeister,

die Reichen und die Einflussreichen
von Häuptlingen bis zu den Scheichen,

kurz: Alles was in Land und Stadt
nur irgend Rang und Namen hat,

dass die hierher zu bringen seien,
das goldne Standbild einzuweihen.

Zum Massentreff, des Standbilds wegen,
kamst du auch, Schadrach, mit Kollegen.

Denn irgendwie gehörtest du
mit den zwei Freunden auch dazu.

Nun rief ein Herold überlaut:
„Wenn man hier auf die Pauke haut,

wenn die Posaunen und Trompeten,
wenn Harfen, Zittern, Lauten, Flöten,

wenn das Orchester laut erklingt,
will ich, dass jeder niedersinkt,

ihr alle hier auf dem Gefilde
aus Ehrerbietung vor dem Bilde.

Wer stehenbleibt, wird kurzerhand
im Schmelzhochofen dort verbrannt."

Und kaum war der Befehl ergangen,
hat schon die Musik angefangen.

Die Leute fielen wie gemäht.
Nur einzig ihr drei Freunde steht.

Die Bläser blasen, Streicher streichen,
ihr aber steht da wie drei Eichen.

Die andern alle liegen flach.
O Schadrach, das gibt Ungemach!

Gleich schleppte man euch vor den Thron.
„Ich lass euch eure Religion",

der große Herrscher wütend schrie,
„geht vor dem Bild ihr in die Knie.

Ich will euch noch 'ne Chance geben.
Wenn gleich ihr kniet, bleibt ihr am Leben.

Wenn nicht, dann wird der Henker tätig."
„Der zweite Test ist gar nicht nötig,

weil Gott den Götzendienst verbot.
Das gilt auch, wenn der Tod uns droht

und wenn wir hundert Chancen hätten!
Wenn Gott will, kann er uns erretten.

Wenn nicht – nun gut, dann sei's gewagt!
Wir tuen doch, was er uns sagt."

Klar, euer treuer Glaubensmut,
der brachte ihn noch mehr in Wut.

Und er befahl mit Racheschwüren,
den Ofen extra heiß zu schüren.

Elitekrieger banden euch
zu festen Bündeln, Mumien gleich,

um euch die langen hohen Treppen
zum Ofenloch hinaufzuschleppen.

Dort sanken sie gleich tot zusammen,
verbrannt von himmelhohen Flammen.

Nebukadnezar hat entzückt
ins unt're Feuerloch geblickt.

Ihr wärt, so hat er angenommen,
als Asche unten angekommen.

Doch da ertönt ein Schreckensschrei:
„Die Männer – waren es nicht drei?

Ich sehe aber sie zu vieren
dort in der Glut herumspazieren.

Und sie sind völlig unbeschädigt!
Ein Engel auch! Ich bin erledigt!

Kommt raus, ihr dreie, Mann für Mann!
Verzeiht, was ich euch angetan!

Der euch von meinem Zorn erlöste,
der Gott ist wohl der Allergrößte!“

Daniel 3

Else Diehl

Rote Engel

Wie gut, dass man die so genannten „gelben Engel“ herbeirufen kann, oder wenn sie als Wächter der Straße des Weges kommen, wenn man sie gerade herbeiwünscht. Jedenfalls gilt das für die Autobahn. Auf Landstraßen ist es schon kritischer, einen Helfer zu finden, besonders bei Schnee und Eis. Aus Angst, selbst hängen zu bleiben, hält bei dieser Witterung kaum jemand an.

Ein Nachmittag im Dezember. Zu Beginn der Reise war mir schon mulmig geworden, als ich das Schneetreiben bemerkte. Wie würde es im Westerwald sein, wo doch „der Wind über den Höhen besonders kalt weht“, wie es ein Lied besingt?

Vor Anhöhen gilt: viel Schwung nehmen, nur nicht stehen bleiben. Aber genau an der Stelle, an der es schwungvoll hätte weitergehen müssen, stand ein Stoppschild. Also anhalten. Beim Anfahren rutschte das Auto, aber es klappte – geschafft! Dann ging's bergab – bei Neuschnee. Lichter blinkten, o Schreck, das erste Fahrzeug lag rechts im Graben! Ich kam gut vorbei, dachte aber schon mit Schrecken an die Rückfahrt, denn dann würde es bergauf gehen.

Bei Ankunft am Einsatzort betete ich still für die Rückfahrt, um die Sorge abzugeben und meinen Vortrag in Ruhe halten zu können. Schließlich war die Veranstaltung zu Ende, und ich machte mich auf den Heimweg.

Wie vermutet, hingen etliche Fahrzeuge fest, andere rutschten mehr quer als in Fahrtrichtung. Mit meinen Winterreifen schaffte ich es gut bis auf halbe Höhe, wenn auch mehr im Slalom an den hängen gebliebenen Fahrzeugen vorbeigleitend.

Dann musste ich wegen eines quer stehenden Autos das Tempo vermindern, und schon merkte ich, wie ich nahezu zum Halten kam. Doch was kam da aus dem Halbdunkel? Zwei Männer in roten Anzügen schossen aus einer Seitenstraße auf mein Auto zu und warfen sich auf den Kofferraum. Durch ihr Gewicht und den Druck konnten die Räder wieder greifen, und im Nu war ich über die schwierige Stelle hinweg. Fort waren auch bald darauf die beiden Männer, die mir noch fröhlich nachgewinkt hatten.

Ja, Gott hat allerlei Helfer, diesmal im roten Gewand, die Ahnung vom Autofahren und der Gegend hatten, denn es handelte sich um LKW-Fahrer einer heimischen Firma.

Gottfried Zurbrügg

„Es muss ein Irrtum sein"

Ein Mann erzählte mir das folgende Erlebnis:

Zusammen mit seiner Frau verbrachte er einen wunderschönen Urlaub in Argentinien. Viel besser als gedacht ließen sich Geschäft und Urlaub miteinander verbinden. Nun standen sie auf dem Flughafen und hofften auch recht bald mit der nächsten Maschine nach Deutschland zurückzufliegen.

„Das war wunderbar", sagte seine Frau. „Ich hätte nicht gedacht, dass wir tatsächlich Urlaub machen." Noch bevor der Mann antworten konnte, wurden seine Arme nach hinten gerissen. Plötzlich war überall Militär. Rasch drängte man seine Frau von seiner Seite.

„Machen Sie keine Schwierigkeiten!“, hieß es. Und schon wurde er abtransportiert und fand sich in einem vergitterten Wagen wieder.

Natürlich beherrschte er als Geschäftsmann auch ein bisschen Spanisch. Er fragte nach dem Grund seiner Verhaftung, aber die versteinerten Mienen seiner Bewacher rührten sich nicht. Nach wilder Fahrt mit Blaulicht durch Buenos Aires wurde er in ein Betongebäude gebracht. Eigentlich war er ganz erleichtert, als man ihn endlich losließ und er vor einem Offizier stand. Der Mann saß hinter seinem Schreibtisch und sah nur kurz auf.

„Sie wissen, warum Sie hier sind?“

Der Mann verneinte. „Man hat mich verhaftet. Wir sind Geschäftsleute. Wir sind auf dem Heimflug. Meine Frau ...“ Weiter kam er nicht.

„Abführen!“, hieß es, und bald schlossen sich dicke Türen an seiner kleinen Zelle.

„Wie oft verschwinden auch heute noch Menschen spurlos“, dachte er, als er sich verzweifelt auf sein hartes Lager fallen ließ. „Warum? Was habe ich getan?“ Er marterte sein Gehirn, aber ihm kam keine Lösung in den Sinn. „Es muss ein Irrtum sein. Ein Irrtum, der sich sicher bald aufklären wird.“

Es kam ganz anders. Das Licht in seiner Zelle verlöschte nicht mehr. Stattdessen wurde er immer wieder nachts zum Verhör geholt. Ohne Vorwarnung öffnete sich plötzlich die Zellentür und man holte ihn ab. Nie wusste er, was ihn erwartete. Seine Nerven waren bis zum Äußersten gespannt. Jedes Mal stellte man nur die gleiche Frage: „Sie wissen, warum wir Sie verhaftet haben?“

Er wusste keine Antwort. Was sollte er sagen? Er begann jeden Augenblick seines Aufenthalts in Argentinien zu schildern. Man hörte ohne jede Regung zu und brachte ihn wieder in die Zelle. Man hörte nicht auf seine Bitten, seiner

Frau Nachricht zu geben, mit der deutschen Botschaft Kontakt aufzunehmen. Tage und Nächte verschwammen in gleichmäßigem Grau.

Da öffnete sich die Tür wie von selbst. Ein Mann trat herein. Er hatte Befehlsgewalt, das spürte man. „Kommen Sie!“, sagte er auf Deutsch.

Die Wächter an den Türen standen stramm, als sie vorbeigingen. Vorbei an vielen Zellen, an Türen, an die andere Gefangene schlugen und um Hilfe baten. Vorbei auch an dem Verhörzimmer. Direkt zum Ausgang. Dort stand ein Taxi bereit.

„Man wird Sie ins Hotel fahren“, sagte der Mann freundlich. „Dort ist Ihre Frau und wartet auf Sie.“

Der deutsche Geschäftsmann sah zu dem grauen Betongebäude zurück, in dem er so lange gefangen gewesen war. Das Taxi brachte ihn tatsächlich zu einem Hotel, wo seine Frau wartete.

„Wir konnten unbehelligt zurückfliegen“, sagte er. „Können Sie sich vorstellen, wie das ist, wenn Gefängnismauern plötzlich fallen und Sie frei sind? Der Mann erschien mir wie ein Engel!“, schloss er seinen Bericht.

Heidi Heinemann

Manchmal schickt Gott einen Engel

Manchmal schickt Gott einen Engel,
der zu dir sagt:
fürchte dich nicht,
der zu dir kommt
in einem Brief,
der zu dir kommt
in einem Telefonanruf,
der zu dir kommt
mit einem freundlichen Blick,
der zu dir kommt
und dir sagt, dass du wertvoll bist,
der dir ein Licht anzündet,
wenn es ganz dunkel ist,
der zu dir kommt
und sagt: ruh dich aus,
der zu dir kommt
und mit dir alle Lasten teilt,
der zu dir kommt
und dir voll Freude sagt:
Gott kommt dich gern besuchen
mitten in deinen Alltäglichkeiten.

Quellenangaben

Hanna Ahrens, Das fängt ja gut an. Aus: Hanna Ahrens, Ich möchte über meinen Schatten springen, Brunnen Verlag Gießen

Mary Batchelor, Der Engel-Hund / An der Straßenkreuzung/ „Geh an die Hauptstraße" / Der Käfer. Aus: Mary Batchelor, So bunt wie das Leben. Brunnen Verlag Gießen

Silke Benner, Der Himmel über Sachsen-Anhalt. Aus: Elisabeth Mittelstädt, Wunder, die das Herz bewegen. Brunnen Verlag Gießen

Eva Breunig, Begegnung im Treppenhaus. Aus: Elisabeth Mittelstädt, Wunder, die das Herz bewegen. Brunnen Verlag Gießen

Else Diehl, Rote Engel. Aus: Erlebt, erlauscht, erzählt. Verlag Bibellesebund

Anselm Grün, Der Engel der Wärme. Aus: Anselm Grün, 50 Engel für das Jahr. © Verlag Herder, Freiburg im Br., 27. Aufl. 2004

Johannes Hansen, Ich treffe öfter Engel. Aus: Johannes Hansen, Dein Gast auf dieser Erde – Psalmen für schöne und schwere Tage. © Kawohl Verlag, 46485 Wesel

Heidi Heinemann, Manchmal schickt Gott einen Engel. Aus: Gerdi Stoll, Ermutigungen für ein ganzes Jahr. © 2004 Hänssler Verlag, D-71087 Holzgerlingen

Ursula Imhof, Katjas persönlicher Engel. Aus: Ursula Imhof, Einfach himmlisch. Brunnen Verlag Gießen

Ursula Koch, Einen Engel wünsch ich dir. © Brunnen Verlag Gießen

Klaus Looft, Ich geb dir heut 'nen Engel mit. Aus: Gemeinsam unterwegs, Amt für Öffentlichkeitsarbeit der Nordelbischen ev.-luth. Kirche

Hermann Schulze-Berndt, Manchmal brauchst du einen Engel. © ABAKUS Musik, Barbara Fietz, 35753 Greifenstein

Brigitte Troeger, Der Autobahnengel. Aus: Brigitte Troeger, Luft wie Samt und Seide. Brunnen Verlag Gießen

Gottfried Zurbrügg, „Ich heiße Gabriel" / „Es muss ein Irrtum sein". Originalbeiträge

Eckart zur Nieden, Schadrach. Aus: Eckart zur Nieden, Der Fiesling im Riesling. Brunnen Verlag Gießen

Ursula Koch

Der Alltagsengel

Kleine Erzählungen

80 S., fester Einband
ISBN 978-3-7655-1717-4

Mal sitzt er auf der Bettkante, mal auf dem Beifahrersitz. Er flüstert einem etwas ins Ohr oder hüllt sich in beredtes Schweigen … der Alltagsengel. Stets ist er zur Stelle, wenn er gebraucht wird, besonders in brenzligen Situationen. Aber er stellt auch liebe Gewohnheiten infrage und erinnert an das, was wirklich wichtig ist.

Ursula Kochs Erzählungen handeln von einem sympathischen himmlischen Boten, der dafür sorgt, dass Glaube, Freude und Gelassenheit im Alltagsbetrieb nicht untergehen.

Manfred Siebald

Pitti lächelt

und andere Geschichten

144 S., fester Einband
ISBN 978-3-7655-1982-6

Manfred Siebald erzählt in 13 kurzen Geschichten von interessanten Menschen und zeichnet spannende Charaktere: den lächelnden Obdachlosen und den Hausbesitzer im roten Sakko, den Chef aller Chefs und die triefend nasse Mutter, den verunsicherten Internet-Freak und den einsamen alten Herrn, der den Fehler seines Lebens bereut u. a.

Wer Originale kennenlernen möchte, für den ist dieses Buch genau das Richtige.